DIARIO DE UN MALDITO

DANIEL RUIZ SALAMANCA

DIARIO DE UN MALDITO

EXLIBRIC

ANTEQUERA 2019

DANIEL RUIZ SALAMANCA

DIARIO DE UN MALDITO

Para Pablo

"Llévame mientras desaparezco en las vaporosas
volutas de mi mente
hacia las brumosas ruinas de la memoria, mucho
más allá de las gélidas hojas,
desde los atemorizados y embrujados árboles
hacia la playa tempestuosa,
lejos del retorcido alcance de una demencial
tristeza."

BOB DYLAN

1. LA VIDA SIN ELLA

Los amigos murieron ayer. Nadie escucha nuestras súplicas al otro lado del río. Alguien vendrá para darnos ese beso mortal de la tierra, cuando el polvo reclame nuestros miembros. Ya no tengo ninguna llamada. Cada minuto es un regalo que desperdicio con la más estúpida alegría. Todo mi universo se hunde como un barco demasiado antiguo. Mi corazón está oxidado y mi herrumbrosa lengua se mueve maldiciendo como un demonio. Desde hace un tiempo, mi vida consiste en tomar un café con nadie en la Posada del Fracaso. Escribir para después quemarlo, anhelar a quien no se lo merece, disfrazar lo macabro de belleza.

Eres increíblemente hermosa cuando no llevas tu escudo levantado. Miré tu foto una última vez más y mi cerebro explotó. Aguardo tranquilamente a la noche con los lobos que después me matarán. Te fuiste en un coche blanco poniendo una mirada de niña, como en un sueño, como en un presagio fatal. Buscaba una sonrisa que me salvara, pero tuviste miedo de sentirte peligrosamente viva, aunque no te culpo de nada. Tú tienes ventaja, porque conseguiste olvidarme. Yo tengo que frecuentar los bares y esperar a la muerte jugando al dominó. No soy hipócrita; la felicidad no existe. La vida sin ti es una mierda. Vacía, incompleta, absurda… Ahora estoy atrapado en la ratonera de esta ciudad, soy un despojo, un miserable reptil… Quieres que te deje en paz y no quieres hablar conmigo. La dureza de tu mirada no me asusta, no me odias; tus ojos no me odian cuando miran hacia el puto infinito. He resistido cincuenta días sin verte, y lo siento, pero ahora mismo voy a besarte; si deseas dispararme, hazlo ya. Si intentas amarme, tendrás que tirar tu mundo a la basura. Mi cadáver se perdió en un vagón del metro. ¿Cómo coño quieres que pase página? ¿Por qué no acabas conmigo de una puñetera vez? Me he convertido en un solitario del carajo.

Yo te he visto desnuda pasear por mi cementerio y utilizar mi piel herida para cubrir tus defectos y escapar viva sin pena de mi muerte.

¿Por qué sigo buscando el amor en una mentira? Soy un fantasma preso de mis sentimientos, una alegoría de juventud enferma. Mi querida mujer escorpión, nunca quise joderte los planes. Soñé con abrazarte en una pequeña placeta, mientras sufría cuatro arcadas y vomitaba el alcohol nocturno, porque tenías frío. Estabas helada, porque temías al futuro, como en aquellas madrugadas a las cuatro y media en aquella asquerosa empresa. ¿Cómo puede ser que no creas en mi amor? De acuerdo, mantendré las distancias mientras sigues mascando chicle tras el cristal de tu oficina. Aquí solo hay polvo y soledad, y cuchillo. Tranquila, leeré cien libros para que esta cicatriz no me duela al recordarte.

Y me dice la gente que deje de pensar en ti, que solamente eres una obsesión y, por esa razón, soy un maldito pesado, un cansino que repite tu nombre envuelto en una maraña de pensamientos contradictorios. Estoy atrapado en el laberinto de tu mente y en el cepo de tus ojos, persiguiendo tus huellas borradas por las calles desiertas mientras voy aullando de dolor. Me entristece ver mi cadáver entre tus manos. Como si la ausencia de tu voz me llevara hacia una búsqueda suicida, hasta las mismas puertas del infierno. Tu voz de sirena varada siempre esperando a que las olas te traigan la respuesta.

Lo peor es esa ola repetida que cada día erosiona y desgasta nuestra ilusión. Lo mejor es dejarse llevar a la deriva y no tratar de luchar contra el mundo. Seguramente suceda así: yo te veré un viernes cualquiera en la calle Encuentro, no habrá rencor entre nosotros, y tú me sonreirás, porque ¿para qué sirven las guerras? Y ese calorcito desprendido de tus brillantes labios servirá para calentar mis manos en la fría noche del acero.

Ahora no me puede ayudar esta botella. Veo tu cara en el fondo de mi vaso roto. Cuentan los más viejos del bar que antes de amar primero hay que aprender a olvidar. Los acompaño en la terraza cuando el sol empieza a caer. Juntamos los pedazos de otro día falso. Vemos a la gente pasar con su prisa y su ansiedad. El humo de los puros flota en un aire azul enrarecido por la incertidumbre. Sólo quiero verte para poder desintegrarme, para deshacerme entre tus guantes como aquella bola de nieve que hiciste en enero de 2014.

Eres tan solo una niña de veintiséis años, una preciosa niña que me anima a celebrar mi cumpleaños dos veces, una caprichosa niña que elige siempre el mismo banco donde sentarse con sus compañeras. Pero yo soy un viejo árbol derribado por el viento, un viejo sauce casi arrancado que tiene raíces inútiles, un sauce del olvido donde me olvidé de olvidarte… De repente, oscurece, descienden las temperaturas. La niebla me coge por sorpresa. Alguien me tira del pelo y me arrastra por el suelo como un muñeco. Te imploro como un condenado a muerte necesita el perdón. Parece que un bebé llama a su madre desde aquella casa vacía, y que Walter White, por un instante, sonríe al verse reflejado.

La borrasca se llevó toda mi sangre hacia las cenicientas playas del abandono y del hambre. Su viento barrió mi corazón del mapa y borró el nombre de todos sus países. Llegó el invierno con su helado beso de mármol y su áspera mano de gárgola. Me pilló sin abrigo y tuve que refugiarme en el sobaco de esta ciudad sádica y amarilla.

El mar deja de moverse. ¿Dónde estás? No tengo dinero en los bolsillos. Nada que ofrecerte, salvo estas pobres palabras de amor. Llevo una maleta herida por los años, como el caparazón de una tortuga demasiado cansada para viajar, una tortuga que sube la solapa para ocultar su rostro ante la multitud de cabezas melancólicas. Toma estas locas palabras para ti.

2. EL AMANTE CIRCUNCIDADO

Cuando me desperté, María Laguna no estaba en la cama. Se puso a vestirse frente a la ventana del hotel, abrochándose el sujetador negro de forma mecánica y subiéndose los pantalones vaqueros. Estaba descalza, con su cabecita melancólica mirando hacia el cielo nublado y escrutando las diminutas gotas de lluvia que resbalaban por el cristal. El cenicero guardaba su último cigarrillo consumido, con un tatuaje de carmín en el filtro, como si los besos urgentes nos hubieran desgastado los labios. Observé con dulzura su cuerpo.

—¿Volveré a verte?
—No lo sé.
—Te he dejado el dinero para el taxi en la mesita.
—Gracias, Harry.

El veneno del desamor aún seguía circulando por mis venas con un *ritman blues*. Pero prefería recordar los senos de María colgando sobre mi cara como dos generosos racimos de suaves uvas, mientras me cabalgaba y se oían lejanos los truenos de las montañas. Apoyaba sus manos sobre mi pecho dando pequeños saltitos, su culo golpeaba sobre mis hinchados huevos y mi excitado pene penetraba en su volcánica vagina. Entonces, ebrio de deseo, rodeaba con mis manos su frágil cuello de cisne fingiendo estrangularla, hasta que se aceleraban sus jadeos, y su asombrosa lubricación hacia que me corriera enseguida sobre las sábanas con olor a sexo. Luego nos quedábamos callados, pensando en nuestras cosas. Ella tenía el mismo perfil erótico de una ninfa. ¿Y ahora qué?

Ahora no se puede confiar en nadie. No se puede creer en nada. Las redes sociales son falsas y mentirosas. Los poderosos mandatarios intentan manipular nuestros sueños y vendernos humo. Escribo porque no me gusta el mundo donde vivo. Sobrevivimos atrapados en una cárcel, cada uno de nosotros lleva una prisión interior. Cada problema es una insoportable cadena que nos priva de libertad. El sistema es una gran capa de mierda superficial. No tengo nada. En la puerta de mi apartamento había colgado un aviso de desahucio por impago de alquiler. Tuve que pedirle ayuda a mi amigo Melquiades Allende, que me esperaba en el bar Avalón con un chaleco amarillo limón y una camiseta oscura del Che Guevara. Me invitó a cerveza irlandesa.

—No te preocupes, amigo Harry. Puedes quedarte el tiempo que necesites en el garaje de la casa. Hay un coche grande y con calefacción donde puedes dormir.
—Muchas gracias. No sabes cuánto me alivia saberlo.

Melquiades consiguió acertar en el centro de la diana con sus tres dardos (cuando vivía en Chile, le enseñaron a clavar un cuchillo en el árbol más lejano).

—¿Cómo vas con el nuevo libro?

—Mal. Mi escritura está estancada y empieza a emanar de ella un hedor desagradable que se extiende por toda la ciudad.

—Mira, Harry, me encanta esa fuerza total tuya y esa desesperanza. Siempre he creído en tu escritura, siempre, y creo que mereces un lugar en este mundo. El problema es cómo llegar. Hay tantas cosas horribles publicadas, que no se entiende que la escritura verdadera lo tenga tan difícil. Estoy seguro de que tu momento llegará. Lo sé, siempre lo he sabido, tengo esa esperanza.

La camarera de ojos negros y largo cabello nos sonrió cuando nos íbamos; la camarera que no bebía alcohol, pero sí fumaba cigarrillos Camel; la hermosa camarera de manos pequeñas, pero adicta a la música de Fito.

—Melquiades, sé que lo dices para animarme, pero soy un escritor de obsesiones. Para mí, el pasado es un bucle vicioso donde los recuerdos permanecen en semioscuridad.

—Eres un escritor infectado sin remedio por el virus del genio y vivirás siempre con el pulso febril de la enfermedad.

—¿Y por qué estoy rodeado siempre por fantasmas?

—Recuerda construir en el palacio frío de la razón y la cordura, donde te reserves algunas habitaciones, para encerrar a tus criaturas salvajes.

Encontramos a mi primo Simón Oliva sentado en un banco del paseo comiendo pipas con ansiedad. Llevaba unos vaqueros rotos, una chaqueta de cuero con muchas cremalleras y una camiseta de Extremoduro. Nos reímos con lágrimas en los ojos recordando aquel día del verano pasado, cuando se le cagó una paloma en su larga melena de músico *heavy*. Simón se metió en la fuente de la plaza Real para lavarse la cabeza con Fairy ante la mirada estupefacta de los turistas ingleses. Nos hicimos un gran porro para que rulara entre nosotros y vimos a Garganta Profunda saliendo de la taberna Ufo envuelto en humo.

Cae la noche en el polígono. Música alta, alcohol y luces de neón. La chica ebria con los ojos turquesas chupa dulcemente mi tierno capullo, rodeándolo con sus carnosos labios. Ella está en cuclillas, oculta por un contenedor azul. Le saco sus bonitas tetas del sujetador. No aguanto más: tres descargas de semen apresurado en su boquita de fresa.

3. MONSTRUOS

Pienso en María. En mi esperma derramado sobre su carne trémula. Pienso en el desprecio de mis padres, en mi primer desengaño amoroso, en mi asquerosa depresión, en mi acoso escolar, en mi fracaso como ser humano, y lo hago mientras le doy puñetazos a las paredes de mi cuarto hasta casi romperme las manos. Habían pasado tantos años que ya no conseguía recordar el verdadero rostro de mi madre. Tan solo me quedaban de ella unos viejos zapatos negros que me regaló en unas navidades, destrozados gradualmente por mis múltiples paseos matutinos, donde me debatía entre suicidarme o no. Me perseguía la sombra de la soga allí donde iba. La soga aparecía incluso en mis dibujos más abstractos, quieta, esperando, eterna. La frase favorita de mi madre era «es lo que hay». Mi padre se retiró de la mesa de juego con sesenta y un años. Ya se había cansado de apostar. Sus ojos azul cobalto se perdían en la lejanía del campo. Ahora comprendo que no tenía la menor idea de cómo era yo; no le interesaban mis sueños. Su pensamiento se acercaba más al de un oficial nazi. Jamás me dijo que me quería. Su frase favorita era «la vida es dura». Y luego estaba la casa familiar, cerca del cementerio, fría y vacía, con vistas a la carretera nacional, por donde pasaban los camioneros en dirección al burdel. Las raíces de los árboles centenarios llegaban casi hasta la puerta, levantando las baldosas del viejo paseo, un lugar de fantasmas perdidos que ansían los cálidos recuerdos de un pasado mejor, paredes agrietadas en las que resuenan los ecos de un pis femenino.

Ahora mismo sueño que nevaba copiosamente. Un tren de color rojo con dos vagones descarrilaba al pasar por la ciudad. Caía muy cerca de mi apartamento y una persona moría decapitada. Un policía llevaba la cabeza ensangrentada del maquinista dentro de una bolsa. Después los de emergencias retiraban en una camilla el cadáver tapado con una manta. ¿Qué significa? ¿Qué significan los sueños?

El depredador de caricias ha despertado. No puede dejar de oler el sexo de las hembras. ¿Soy yo el depredador? Sí, porque mi polla se llama Akira y me encanta follar. Busco a María, porque todo su cuerpo irradia vida. Es tan luminoso como una de esas lámparas de araña en una gran fiesta de la alta suciedad. Me pierdo besando su nuca, lamiendo sus redonditas orejas, mordiendo su delicado cuello de cisne. El tacto de su piel me crea adicción. Me resulta imposible separarme de sus labios. Exploro la intimidad de su boca. Su fresca saliva es mi nuevo vicio. Y sus manos milagrosas. ¿Qué tienen esas manos que al tocarme nada me duele? Pero ella no era mía. No poseía sus ojos. No era su dueño. No tenía ninguna autoridad sobre sus decisiones. Apenas la conocía, y deseaba fervientemente ser una pequeña pieza en su extraño mundo.

Encuentro una botella de *whisky* en la guantera del coche. Tiene una nota pegada que dice: "Ingerir en caso de extrema soledad". Un trago largo me advierte. La indiferencia es un insulto para las personas que sufren. Me convierto en un repugnante monstruo, me vienen a la cabeza reminiscencias o ensoñaciones que soy incapaz de distinguir. Toda la ciudad es una tumba para poetas.

Os contaré que cuando vivíamos en el pueblo, lejos de la gran urbe infernal, iba montado en la moto de mi primo Simón, bien agarrado a su cintura, subiendo cuestas hacia el campanario, dando brincos mortales en cada bache, levantándoles las faldas a las muchachas en flor para después huir a la carrera, quemando ruedas por la carretera comarcal a la máxima velocidad, sin casco, sin problemas, sin preocupaciones, con el aire golpeando alegremente en nuestras sonrientes caras, pasando del instituto y de sus tediosas clases, leyendo a escritores prohibidos y libros censurados, derrapando por los polvorientos caminos, mientras las chinas saltaban y reventaban las lunas de los coches que se quedaban atrás, para terminar meando en modo "limpiaparabrisas" en los portales de los pisos, acordándonos de aquella chica guapa que lavaba el todoterreno con un chorrito de agua fría.

Ahora mismo recuerdo a gente dormida en los vagones del metro, cansada del trabajo o de la misma vida, como cuerpos inertes abandonados a su suerte, dirigiéndose a donde viven los monstruos. La sombra de nuestros errores son las peores bestias, nuestro temor a equivocarnos, nuestra gigantesca culpabilidad, nuestro pánico a decir la verdad, nuestra insana manía de mirar siempre al pasado, nuestra infidelidad para cumplir los sueños. La más terrorífica criatura inmunda es no quererse. Se llama depresión.

Me asalta el brillo de las alianzas de los judíos amontonadas en una caja, las chimeneas vomitando un humo negro de hedor inefable, la vaca mutilada a machetazos por los locos en una selva venenosa, el soldado destrozado por la metralla y atrapado en la alambrada, las bombas cayendo…

4. LA CAJA EMOCIONAL

Ahora llueve. La lluvia tiene ese instinto homicida y esa dulce letanía tan femenina. El frío me corta las manos y me abre los labios. La ciudad es una jaula de animales solitarios, donde el sexo y la violencia son la única válvula de escape frente a la desesperación.

He cruzado la calle sin mirar y casi me atropellan. Entro en un supermercado para refugiarme del chaparrón. Me paro frente a la sección de perfumería y examino las nuevas colonias para caballero. Una mano me acaricia ligeramente la espalda. Un escalofrío. Es María. Su sonrisa ilumina todas las habitaciones de mi sangre. Se roció las muñecas con unas gotitas de Channel. Una rápida pulverización de Victorio & Lucchino por el cuello. Llevaba unos pantalones de cuero color burdeos que restregó contra mí. Me preguntó si me gustaba el olor. Me encogí de hombros. Ella se fue al baño de señoras. Una anciana me pidió que le bajara algo del estante. Yo no quería, pero lo hice. María se acercó a mi oído izquierdo y me susurró:

—No llevo bragas.

Me agarró del brazo y salimos de allí por el pasillo de droguería sin comprar nada. Fuimos al lavabo de una gasolinera de Cepsa. Le quité los pantalones y me enseñó su sexo en forma de tulipán. La puse frente al espejo cuadrado de la pared. En él podía ver su cara de placer reflejada. La penetré con fuerza.

Estaba muy húmeda. El peligro de ser descubiertos en cualquier momento le daba más morbo a la situación. Terminé eyaculando a sesenta centímetros exactos de sus lunares. María soltó una mueca de satisfacción. Se subió los pantalones. Le dije que me besara. Me contestó que no. Entonces, abrió la puerta y se marchó. Pensé en aquel tipo gordo que había sido dibujante de cómic y que presumía de haberse acostado con 3.000 mujeres. Pensé en mi novela destruida en el lago Negro a dieciséis metros de profundidad, y pensé en que siempre echamos perlas a los puercos y regalamos flores a las putas.

El tipo que algún día fui gritó:

—Somos tan viejos como nuestros recuerdos, y tan jóvenes como nuestros sueños.

Luego salí corriendo. Bajo el toldo de la tienda de comestibles de los chinos me esperaba Melquiades Allende con su amigo rumano. Melquiades llevaba un llavero colgando de los vaqueros rotos. Del llavero llamaban mi atención un chupete de su hija y una pinza Var de cuando nació. No veía a su hijo desde que se separó y se marchó de Santiago de Chile. Caminamos cinco minutos en línea recta bajo cornisas. Fuimos al Cerro del Ahorcado, una nueva urbanización de pisos sin piscina. Nuestro amigo Florín forzó la cerradura de la puerta y enganchó la luz. Comprobamos que había agua corriente. La vivienda era propiedad del banco, que la había embargado a una familia por impago de hipoteca. Estaba amueblada con tres habitaciones y dos baños. La habitación más pequeña estaba bien iluminada, equipada con una cama de noventa, un escritorio y una silla, ideal para escribir. Era fácil de calentar con una estufa eléctrica. Las paredes estaban pintadas de color crema. Llevaba en venta un par de años y últimamente los agentes inmobiliarios la tenían un poco olvidada. Melquiades me sonrió cómplice mientras le soltaba un fajo de billetes naranjas a su amigo extranjero con ojos gris ceniza. Mi residencia temporal ya estaba lista. Allí esperaba poder terminar mi asqueroso manuscrito. Ahora me había convertido en un maldito okupa más. Fuimos al barrio latino para celebrarlo: semáforos de luces psicodélicas, bólidos tuneados y con la música reguetón a tope; grupos de *Latin Kings* con tatuajes de la Santa Muerte y leones con coronas de reyes; una chica gótica bajando al metro con su bolso en forma de ataúd, ropa siniestra y los labios pintados de negro; jóvenes fumando en la puerta de las discotecas con *piercings* en el lóbulo de la oreja, en la ceja y en la lengua; golfas bebiendo con *septum* en las narices y algún mafioso con la pistola metida en el cinturón escupiendo.

La cabeza es una caja de resonancias. Allí están los ecos de nuestras muertes. La hidra interior se acerca hacia mí. Sus siete cabezas de serpiente se agitan y me silban. Cada lengua va vomitando una emoción: alegría, tristeza, timidez, rencor, rabia, miedo, desesperanza… ¿Cuál será su punto débil?

Me arrastro entre la multitud que orina. Repto entre proxenetas, drogadictos y asesinas de niños. Encuentro nidos de jeringuillas usadas. Miles de agujas que picaron las venas de hermosos perdedores. Voy tambaleándome borracho por la calle mojada, apoyado en el hombro de una prostituta con piel de ébano. Estoy mirando con los ojos desenfocados los fosforescentes carteles de anuncios. Oigo al camión de la basura haciendo su ruta. Necesito mear. Alguien prepara una raya de coca encima de la tapa del retrete. Como en una pesadilla, cuando te introduces en un sucio cuarto de baño con la vejiga a punto de reventar, y entonces ves las cagadas decorando las paredes, igual que un escatológico mural. Sólo quiero volver a casa, a alguna casa, donde te espere una princesa vampira que te mire, que te abrace diciéndote: «Amor, toda esta mierda no fue culpa tuya».

Me quedé inmóvil frente a un enorme grafiti pintado en los vagones del tren. Era un rostro melancólico tapándose los ojos con las manos. ¿Dónde había visto aquello antes? Sí, creo que en un libro de Paul Auster titulado *Invisible,* o tal vez, en la portada de un disco de Radiohead llamado *Amnesia.* Ahora las alucinaciones me hacen soñar con Melquiades, transformado en una especie de chamán, ofreciéndome un poco de "enredadera del alma". Me hallo en un estrecho pasillo infernal hacia una pequeña habitación azul, donde hay un gran pez espada pintado en un cuadro. Veo a Ernest Hemingway en una silla, con el cañón de la escopeta de caza metida en su boca y la culata apoyada en el suelo, apretando el gatillo con el dedo gordo del pie. ¡Pum!

5. LUGARES COMUNES

Siempre hay algo que hacer, un sitio a donde ir, gente con quien hablar. Querido hermanito, siento todos estos años de ausencia imperdonable, pero algún día volveremos a vernos en el rompeolas.

Regresé al restaurante La Flecha de Oro, donde me esperaba mi primo Simón para ser su nuevo pinche de cocina. Me buscó el trabajo para aligerar la faena en momentos de estrés. Se me daba bien fregar los platos con rapidez, y me dejaba llevarme a casa la comida que sobraba. Simón Oliva era un hombre que se adaptaba a los horarios esclavos sin renunciar jamás a su música, un hombre que amaba en carne viva, exprimiendo el día sin preocuparse por el futuro. No tenía miedo a volar. Su manera de vivir lo mantenía flotando en un mar de fantasmas y sirenas muertas, mientras yo era incapaz de soportar el dolor y me hundía en las arenas movedizas cada vez más, llorando como un bebé bajo la miserable claridad de la luna, anhelando beber el cabello de María o, simplemente, pernoctando entre las piernas de una mujer hermosa, porque toda la vida huele a pedo.

La Flecha de Oro estaba situada a quinientos metros de la entrada a la ciudad. Entre semana desayunaban los camioneros y almorzaban los obreros. Los sábados los jubilados veían los toros en la tele de plasma, y los jóvenes animaban a su equipo de fútbol. Los domingos las señoras jugaban a las cartas haciendo trampa. La camarera ucraniana servía los cubatas sin ninguna emoción en el rostro. Las paredes estaban adornadas con escudos medievales, arcos y flechas negras. Había máquinas expendedoras de tabaco y condones.

Soñé que mi Sinsajo murió en la última cacería mientras los siete reinos iban a la guerra. Cuando dormíamos profundamente, todos teníamos esa repugnante flema blanca colgando de la comisura de nuestras bocas.

A las siete de la tarde, vienen arrastrando los pies los viejos, para merendarse su media cabeza de cordero y su vaso de vino tinto de la casa. Alguno se saca los restos de comida de entre los dientes, con ayuda de un afilado palillo. Las encías le comienzan a sangrar por alguna herida. Otro, con mano temblorosa, busca su tabaco en el bolsillo de la chaqueta. Llueve. Las gotas son gruesas y calan la ropa rápidamente. Los transeúntes se refugian en el bar esperando una tregua. Me apoyo en la barra para descansar. ¿De qué sirve pedir perdón a nadie si no lo voy a lamentar? No practico el arrepentimiento. Mis crímenes quedan archivados en la memoria de las víctimas que amé y odié. Entonces pienso en el verano, en el calor insoportable de un sol cruel, en el sudor resbalando por los poros de la piel, en la mosca pegada a la leche que brota del pezón de una mujer que amamanta a su bebé. También imagino Cuernavaca, su volcán derramando una lava incandescente que todo lo arrasa, que se lleva con ella hasta la mismísima estupidez.

Se presenta el dueño del bar con toda la mala hostia del mundo. Lleva un bigote raído por los años y una panza de camionero.

—¡Harry, ¿qué cojones estás haciendo ahí parado?! No te pago para que contemples a los comensales. Eres un inútil de mierda. Ayer rompiste unos platos que valen más que tu miserable vida.

—Sí, señor. Lo siento mucho. No volverá a suceder. (Cabrón).

En este momento recuerdo nítidamente aquella tarde de otoño. Estaba con mi hermano jugando al ajedrez. Él llevaba una sudadera blanca con capucha y yo otra negra también con capucha. Dos Jedi. La mujer de bello rostro nos sirvió un par de copas de ron, y luego se volvió a sus lecturas, separando las páginas del libro con pétalos de una rosa marchita.

Cuando mi padre me pegaba un puñetazo en la comida y me rompía el labio, la sangre manaba de la herida, y la primavera me traía la horrible sonrisa del idiota. Mi madre bebía ginebra por la noche después de leer un libro verde. Las estrellas punzaban mi corazón de niño y la noche estremecía mi pequeña alma de lobo estepario. Bajo la rueda de la realidad mis frágiles huesos se quebraban. El instituto era una prisión, y los compañeros de clase dibujaban la muerte con tiza. Todos en la colmena zumbábamos y vibrábamos. Todos servíamos a la abeja reina. Los obreros y los zánganos habitábamos en la rutinaria comunidad; los trabajadores construían casas donde no viviría nadie; los folladores dejaban preñadas a las menores de edad y las abandonaban, y la reina anoréxica se suicidó con un bote de pastillas.

Una tormenta eléctrica deja sin luz a media ciudad. Leo compulsivamente a Paul Auster con ayuda de dos velas. Me quito la pelusilla que crece secretamente en el ombligo. Pienso en la señora de la limpieza que friega los suelos y rasca los pegotes de mierda con un cúter. Para mí solo eres un dibujo animado mudo, una propaganda a la que no le hago ningún caso. Me sumerjo en el agua de la bañera, desciendo hacia las profundidades abisales en una caída sorda, desconecto de la vida, suelto lastre y me ataca un extraño vértigo. El dios ahogado me lía entre sus tentáculos. Ahora veo los barcos españoles hundidos y los ojos amarillos del Kraken.

Durante mucho tiempo, el dios de muchos rostros escondió mi ira, ocultó mi venganza. Me da por visitar cementerios llenos de hermosos cadáveres, de misteriosas fotos en blanco y negro. Algún familiar deja flores frescas sobre el frío mármol. El enterrador tiene tatuajes de Iron Maiden. Lágrimas saladas resbalan por las cálidas mejillas de una desconocida. Los cipreses se agitan al viento diciéndonos adiós.

6. INFIERNO

¿Estáis despiertos? ¿Hay alguien ahí? ¿Qué coño está pasando? Yo sigo aquí, mano a mano con lo mío desde mi celda de sal. ¿A quién le importa si se apaga otra luz? Emito mi señal con el fulgor del primer beso (aquel beso que resucitó mi alegría). ¿Aún no te has ido? No puedo soportar esta voz martilleando en mi cabeza. Bueno, es lo que ocurre cuando te vas volviendo loco. Ven conmigo ahora. Vamos más allá de los retorcidos y escalofriantes árboles, más lejos todavía de esas olas saliéndose del mar que enseñan sus lenguas. Marcharemos detrás del hombre de la pandereta, en la despreocupada mañana. Confía. La chica con cortes en las muñecas me sonrió en el autobús amarillo. Tenía unos ojos grandes como dos soles que, sin palabras, hablaban. Aunque llevaba una sudadera gris con capucha, su pelo rizado con bucles castaños sobresalían de la ropa como pequeños tentáculos buscando la luz. Nos bajamos en la estación Cementerio.

Nos alejamos unos trescientos metros de la parada. Vimos un edificio abandonado, parcialmente en ruinas. Al abrir la verja negra oxidada, se parecía a la de los antiguos sanatorios atendidos por monjas. Nos adentramos en la semioscuridad. Dudé un momento y quise soltarme de su pequeña mano, pero ella volvió a implorarme con su prestidigitadora mirada. Obedecí sin rechistar. En el recibidor encontramos tres colchones mugrientos tirados sobre las verdes baldosas del suelo. Un hombre con barba de un año e impermeable se chutaba fuego en una vena del tobillo. La chica me liberó la mano y señaló con su dedo índice hacia el moribundo con los ojos en blanco y la boca abierta. Luego se marchó cruzando el umbral.

Gente vacía subía y bajaba una gran escalera hacia el segundo piso. Fantasmas penitentes miraban su pasado sin entenderlo. En la puerta número 13 habían grabado con una navaja el juego del ahorcado. Rastros de sangre se perdían por los interminables pasillos. Alguien lloraba desconsolado, porque no lograba recordar su nombre. Y yo, también parecía sollozar de pena o de locura. El club de los suicidas tenía a los espíritus atrapados en sus cartas marcadas. ¿Por qué me trajo aquí aquella muchacha con cortes en las muñecas? Me derrumbé en el suelo. Una mujer jorobada me ofreció un trago de vino rancio. En el techo pintaron "no hay retorno". Una sombra me levantó con esfuerzo. Es mi amigo Melquiades. Me gritaba:

—Vámonos de aquí.

No había nadie en el aparcamiento de los grandes almacenes. En el suelo solamente encontré un condón usado con un nudo y un fluido de color amarillento dentro. Melquiades Allende bebía una litrona de cerveza amargamente, apoyado sobre una barandilla invisible. Estaba con la mirada perdida en las luces mortecinas de la ciudad.

—Harry, ayer me atacaron los recuerdos y no pude defenderme: mis años de casado en Chile, cuando nació mi hija Abril, mis noches de preparar biberones y cambiar pañales, costumbres y rutinas a las que uno se aferra amorosamente, mientras que el mundo de ahí fuera te la pela. Pero todo se acaba. Perdí la esperanza de volver a ser feliz, visité sórdidos lugares y me rodeé de malas compañías; sin embargo, hay que aprender a decir adiós, y nunca me rendiré.

Medité un momento, dejándome seducir por el brillo de los cristales rotos. Luego opiné con la boca seca:

—Existen varios infiernos personales y privados, muchos niveles de dolor, distintas esferas de tristeza, vidas paralelas, infinitos mundos interiores, demonios como el hastío, moscas en las heridas y gusanos en el alma, espectros, traumas, fobias, mentiras, y una frágil esperanza en el alambre sin red.

—Harry, intenta no complicarte la vida.

—Creo que nunca volveré a ser feliz. Cuando el amor es una fresca quemadura en el corazón, me siento como un soldado que se caga encima antes de morir. Me desgarran la piel esos ganchos de acero que saltan de una cajita diabólica. Hay obsesiones que crecen como la secreta maleza en la espesa selva. Las facciones de mi cara se desintegran entre mis manos como la arena de la playa, y mi grito nadie puede oírlo.

—Un día te enseñaré las constelaciones familiares chamánicas —dijo Melquiades con los ojos nublados.

Bajamos por la calle de las Estaciones hasta el servicio de lavandería. Me siento sobre una silla de plástico. Melquiades introduce algo en la lavadora. Inserta unas monedas en la ranura metálica. Cierro los ojos entrando en el sueño. Mi amigo me dice que me quede allí. Todavía oigo el lejano ruido del centrifugado. Alguien me acaricia la cara. Abro los ojos y es María Laguna. Va vestida con un chándal deportivo de color azul. Tiene los labios pintados de un carmín tenue. Me sonríe con una dulzura extraordinaria. Abre la puerta de la lavadora y saca un sujetador negro con corazones bordados.

7. LA DESRUCCIÓN INTERIOR

He muerto tantas veces bajo cielos sin estrellas que no me asusta la muerte. Lo que verdaderamente me acojona es tener que vivir el día a día. Solo somos almas enfiladas. Somos también aquello que hemos perdido. Nada sé del amor y de sus mentiras. Pero ahora estoy con María en su cama pequeña de muelles chirriantes. Me encuentro muy a gusto entre sus sábanas, bebiéndome amorosamente el caldo de almíbar que fluye alegremente por las orillas de su chocho, y con la radio puesta en el programa de *La noche encendida*, para no oír a sus cansinas compañeras de piso jugando a las putas cartas. Le acaricio los hombros con ternura:

—María, dime algo de ti. Nunca hablamos de tus cosas.

—Harry, ¿aún no has aprendido? La gente te usa y cuando no le interesas, te tira a la basura.

—¿Por qué te niegas a abrir tu corazón?

—Eres demasiado romántico. Mi corazón está lleno de grietas y pájaros muertos.

—Háblame de tu vida.

—Mi madre era judía. Mi padre me pegaba y abusaba de mí. No deseo mencionar ese tema.

En el exterior. La ciudad nos espera con sus seres solitarios encerrados en jaulas de oro, sus prisas, sus analgésicos y ansiedades, sus terrores… (Nada temo más que el horror de un niño al quedarse solo).

Comencé a moverme. Me tiré un pedo de un exquisito cocido, comprendí que estaba bien podrido. Un lento proceso de descomposición y desaparece la sonrisa.

He dejado el trabajo. Entro en mi taberna favorita, El Ocaso de los Dioses. Me atiende mi amigo Doc, el barman de los últimos años que escucha mis penas con resignación. Lleva un polo amarillo de Lacoste. Me pido un burbon. Aquí vinieron los políticos para que votase sus ideas, los militares para que matara por mi patria, los vendedores para que comprara cosas que no necesitaba, los curas para que creyese en su dios. A todos los mandé a tomar por culo. Otro trago más y me quedo flotando en el aire de la libertad, cuando la enfermedad ladra a la puerta de los hospitales; cuando las ancianas miedosas cierran la puerta con llave al anochecer; cuando la sangre aúlla en la violación de la luna; cuando un muchacho pelirrojo suicida su futuro, esnifando la raya del amanecer; cuando muere un poeta y el mar deja de moverse.

He visto los ojos azules de la hija del verdugo en el bosque de Carcosa. Ahora soy el hijo bastardo del rey de Amarillo. Soy el que pactó con el diablo por una prostituta que recitaba versos de Baudelaire. Soy el imbécil que siguió a los jinetes bajo la tormenta más allá de los paraísos artificiales. Defraudé a mis amigos por un gramo de locura. Desquicié la vida de todos los que se atrevieron a quererme. Abandoné mis manos en la tierra antes de intentarlo. Me convertí en estatua de sal, porque quise mirarla una vez más sin llegar al umbral. Me cansé de los tontos y de los días iguales. Malena depositó sus zapatos rojo charol sobre la repisa de la ventana. Luego saltó desde un noveno piso. El asfalto se tiñó con una flor de sangre. El niño que nunca tuvimos se llamaba Josué. La lluvia nos va erosionando.

Mi primo Simón Oliva apuró su último cigarrillo de Pall Mall. Afiló la punta de su taco con la tiza y metió todas las bolas rayadas. La bola negra a la esquina. Eso enrabietó al chulo de putas con el parche de cuero en el ojo. Mi primo le susurró a la chica al oído algo sobre comerle el coño. Ella soltó una carcajada y el gordo se abalanzó sobre nosotros. Yo estaba preparado para recibir al compañero del Corsario. Puñetazos y sangre salpicaron el tapete verde. Me rompieron un incisivo que me dolió como un disparo, pero yo le reventé las narices a ese maricón de Marruecos. El dueño del bar avisó a la policía y salimos de allí corriendo, como si hubiéramos nacido para correr. Llegamos hasta el muro de los grafitis que limitan la ciudad. Vimos a un gran Joker saludándonos con una broma asesina; al maestro Yoda con un cartel de "Stop guerras"; a Salvador Dalí en un estallido de colores; a Goku y a Vegeta luchando por las Bolas de Dragón; a cuatro niños disfrazados de Batman y a un elefante blanco con tentáculos de pulpo. Nos sentamos en un olvidado banco de madera. Simón se palpó la mandíbula comprobando que no la tenía rota. Le quitó la carcasa a su móvil y sacó un billete de 500. Me dijo:

—Para ti.

Entonces fui al chino de alimentación a por una botella de JB. Nos rociamos las heridas con alcohol, porque lo que escuece cura. Advertí que nos estábamos desintegrando, como si fuéramos una especie de polvo estelar, de energía cósmica perdida en el infinito. Recordé cuando mi primo y yo encontramos aquella cueva en el pueblo de Limbo, aquella oscura y profunda cueva donde se oían los ecos de algún animal, y esa horrible cabeza de jabalí comida por las moscas.

8. LA HABITACIÓN DE LAS DECEPCIONES

El día que llegué a esta ciudad hace ahora cinco años me estaban esperando todos los fantasmas de las mujeres que amé, con una mirada de rencor y de odio contenido, más allá del umbral de la puerta carmesí. No podré olvidar jamás aquella quemadura que me duele al respirar. Me encerré en mi habitación con una manta, botes de conservas y botellas de agua mineral, y me atrincheré con mis libros para escribir:

Pablo le unta con mantequilla el culo a Carmen, para después penetrarla como si no hubiera un mañana. Están en una habitación vacía de un hotel cualquiera, en una ciudad francesa. Luego van a bailar a un gran salón con flores. La gente les envidia al pasar por la gran belleza que desprenden. Sus ojos brillan al sonar una música de acordeón. Hay otras parejas que los miran, pero Carmen se enfada por una tontería y separa sus brazos de Pablo. Este sale corriendo detrás de ella por las calles estrechas llenas de luces, chocándose con personas desconocidas.

Ella desaparece mientras él la busca desesperado por las tiendas. La busca pero no la encuentra. Pablo llega a un pequeño cementerio de rejas doradas. Ve la tumba con el relieve de una mujer desnuda, sin rostro. La besa, está fría. Se acurruca junto al mármol. Llora como un niño abandonado por su madre. Se queda dormido. El sol comienza a caer tiñendo las nubes con un color púrpura.

Las personas que se van no vuelven nunca, todo el mundo lo sabe. Y si acaso regresaran, tendrían siempre esa sombra de muerte en los ojos.

Desde las ventanas de mi habitación podía observar el aguanieve de una ciudad con los huesos pelados. Mi inteligente hermano tenía razón: el laberinto de los días era como una cámara cerrada, donde yacías atado a una camilla, mientras el demonio te miraba con una máscara antigás, y golpeaba con sus nudillos el cristal. Y, de pronto, tu desgraciada alma flotaba por la habitación sellada al ritmo de alguna canción de Oasis. Las drogas alimentan nuestros monstruos. El pánico está en camino. Ponte a rezar o a blasfemar, porque nadie te puede salvar.

Pensamientos desde la celda, susurradores emboscados en los dibujos de las paredes. Estoy en la cueva del ermitaño. Me transformo en aquel filósofo ciego que se alejó del mundanal ruido. Aquí la conciencia es un gran perro hambriento que le ladra a las entidades. El nigromante baraja las cartas del tarot en la suprema oscuridad del bosque. He sido un malvado y me considero un cabrón con suerte.

Simón llamó a mi puerta, pero no abrí. No deseo ver a nadie. Aporrea la madera y me grita:

—¡Hay vida después de la literatura!

—¡No quiero cualquier vida! —le contesto muy enfadado.

Siempre es la misma historia: calles atestadas de escritores vagabundos, mataron a la ventrílocua, le cortaron la lengua y sus cien muñecos se removieron dentro de sus cajitas, mi padre tenía las gafas redondas y oscuras como la Yakuza, su pelo era rubio y su cara parecía una mueca de Clint Eastwood, estratega en los negocios, experto en tortura psicológica… ¡A la mierda las líneas temporales y las personas que no te piensan!

Las decepciones cayeron como naipes usados sobre la tumba de nadie. Escupí en la fotografía de mi nacimiento; suspendí en el instituto; le puse los cuernos a mi novia; no fui capaz de construir una familia; me equivoqué insultando a los padres; rechacé trabajos; me gasté el jodido dinero en las máquinas; me salté la ley y me fichó la policía; dejé tirados a los amigos; me cagué en el mar…

Pablo impidió que Carmen subiera al avión. La abrazó y la besó. Estaba lloviendo y la lluvia caló sus pobres huesos enfermos de amor. El agua limpió todos sus pecados de juventud, absolvió sus crímenes pasados. Sus almas quedaron mojadas y tendidas al sol. No hubo carta de despedida. Solamente aquel beso pasional que les cerró las bocas, los labios escarlatas y las gracias por el fuego.

El demonio de la Perversidad se llevó todo lo que más quería. La habitación había cambiado. Ahora un color azul marino casi negro la gobernaba, poblándolos de miles de ojos extraños que me miraban sin pestañear. Una voz desconocida voceó:

—Iremos a donde se pudren los cuerpos.

Una esvástica apareció en mi mesa de trabajo pintada de sangre. Mis papeles comenzaron a arder. Mis palabras se tornaron borrosas e incomprensibles. Ya no estoy seguro de que fuera un sueño, pero las manos me temblaban como si tuviera que disparar. Tenía mucho frío y me arrastraba por el suelo del cuarto. De pronto, llamaron a la puerta, aunque eran golpes tímidos. Era María Laguna, que me decía:

—Abre la puerta, mi dulce solitario.

Dudé un momento de que aquello fuese real. ¿Cómo me había encontrado? Al final, abrí.

9. SEGUNDAS OPORTUNIDADES

Aprendí de mis cicatrices. Ya nadie me dice lo que debo hacer. Escupo contra el viento y me lo devuelve otra vez. Pienso en María, en el laberinto de los días donde malvivo. Montamos en un Jeep Grand Cherokee color verde veneno. Lo llevaba mi amigo Melquiades, ataviado con una bufanda azul cielo. Salimos de la ciudad dejando atrás sus altos edificios y sus bestiarios de cemento. María llevaba puesta una chaqueta de plumas marrón, y el pelo cubierto con un gracioso gorrito de punto. La miro y creo que la echaron de todos los sitios, porque no encajaba en ningún lugar, que no somos tan distintos. Iba conmigo en los asientos de atrás. Sentí su mano caliente bajo mis pantalones, tocándome los huevos y acariciándome el pene. Lo hacía disimuladamente, mientras Melquiades cambiaba de emisora, y sonaba *Ring the fire,* de Johnny Cash. Mi amigo nos miraba de vez en cuando por el espejo retrovisor. Después de cinco minutos masajeando mis partes, me corrí en los calzoncillos y ella sonrío con malicia. Los abetos movían a ambos lados sus ramas en una danza macabra, como esperando las primeras nieves. Cruzamos la frontera y vemos luces azules y rojas. Hay un accidente de tráfico en la carretera. La policía nos obliga a parar. Es de noche y hace frío. Los bomberos intentan abrir con las palancas un coche destrozado. El vehículo comienza a incendiarse. El conductor había muerto en el acto. Le dieron por detrás. No pueden sacarlo y el volante se deshace por las llamas. El cuerpo queda dentro, calcinándose. Se oyen a lo lejos ladridos de perros. Parecen salir de la oscuridad.

Llegamos al pueblo. El viento de la calle nos quemaba el alma. La parroquia de San Antonio estaba iluminada y el cura Arturo nos esperaba en la puerta. Lo seguimos por un pasillo hasta un cuarto interior. Había un brasero eléctrico y olía a café recién hecho. Nos sirvió unas tacitas de Marcilla con unas gotitas de coñac Soberano. Joder, ¡qué bueno estaba! Nos habló sobre la Casa de Convivencia, donde nos íbamos a alojar un tiempo. Nos informó de sus normas y de los horarios de comidas. Me gustaba este lugar. Por supuesto, no volvería nunca más a mi piso-nido de la ciudad. Arturo Rey, vestido de riguroso negro y con alzacuellos, nos condujo a nuestros aposentos. Tenía el pelo negro, grasiento y ensortijado; la cara ancha como el pan, y su perilla escondía unos labios gruesos; sus ojos te miraban con curiosidad. Caminaba despacio, le calculé unos cuarenta y cuatro años de edad.

Las habitaciones eran pequeñas con literas y colchones blandos. Los hombres y las mujeres dormían separados. Todas las habitaciones tenían ventana y en cada cómoda había una biblia nueva. Muchos espectros de la Guerra Civil se cernían sobre aquel lugar, un pueblo que ha envejecido. La mayoría de sus jóvenes se fueron a estudiar a la capital o encontraron trabajo fuera. Dicen los más ancianos que en noches de tormentas eléctricas, todavía se pueden oír débiles ecos de disparos y de bombas en las montañas. Cuentan de alguna trémula voz pidiendo auxilio, que se va perdiendo según avanzan las nieblas.

Sé que los hombres flaquean; que los deseos son solo pompas de jabón, que sus colores brillan un momento y luego estallan en el aire, porque siempre nos atrae lo prohibido.

Por la mañana, frecuentas bares amarillentos de caras desconocidas, pero nadie pregunta. Todos miran sus móviles, tal vez atados a una red invisible de datos mezclados con vidas robadas. El mundo estaba lleno de ángeles infernales. Nos rodean por todas partes los hijos caídos, los expulsados del cielo, aquellos que perdieron hasta el nombre y se inventaron un apodo o un alias, o un número dentro de un infinito código de barras. Son los que reptan bajo el subsuelo de la felicidad artificial. Ya vinieron los despertadores de conciencias con sus golosinas. Y al abrir los ojos, descubrieron con horror que el tiempo había desparecido. Había salido con María a pasear por la calle Mayor del pueblo y la miré como mosqueado:

—Estoy harto de la gente. El respeto y la admiración son solo etiquetas que las personas te ponen y te quitan.

—Harry, creo que eso no es generoso para los que te ayudaron. Eres egoísta. Quizá te sientas solo, o tengas peor situación familiar, y eso te ha hecho que me necesites. Tal vez soñaste conmigo cuando escribías poemas, o incluso puede tratarse de tedio. No lo sé, pero algo debió "colmar tu vaso".

—Me gusta hablar contigo. Sí, soy egoísta, pero todos lo somos de una o de otra forma. Simplemente, no estaba preparado para seguir sufriendo sin ti. Fui un cobarde por esconderme de todos, pero también te quiero.

—¿Me quieres? Eso es demasiado intenso para mí.

—Yo siempre soy intenso. ¿Por qué no puedes entenderlo? ¿Piensas que voy a engañarte?

—Sí.

10. CICARICES

La nostalgia no sirve para nada. Te obliga a soñar con monstruos y emborracha tu mente con sentimientos caducados. En el escenario de la vida paso de ser un actor vulgar a ser un simple espectador de segunda fila. Dejo la acción por una contemplación mística de quien no logra ver, si no se arranca los ojos.

Para comer, Teresa guisó un estofado de ternera con patatas que estaba riquísimo. Allí conocimos a algunos de nuestros estrambóticos compañeros de casa: Leonardo Pistacho llevaba unas gafas de culo de vaso que escondían una mirada psicópata. Su fea mueca recordaba a la sonrisa horrible del esquizofrénico; Jorge Mocha leía todo lo que pillaba, hasta los prospectos de los medicamentos. Siempre estaba fumando cigarrillos Winston a escondidas, mientras se acariciaba su larga barba blanca; Luisa Trueno era una jubilada depresiva y alcohólica que se dedicaba a realizar manualidades. Le gustaban los chicos guapos y tenía alma de ludópata. Aquel cura nuestro tenía que ser buena persona para acogernos. María era judía; Melquiades chamán y yo totalmente ateo. Y solo debíamos asistir a misa los domingos. ¡Un chollo!

María Laguna iba a su puta bola y no me hacía ni caso, así que mi amigo Melquiades y yo fuimos al meollo del pueblo. Aunque teníamos toque de queda a las doce de la noche, decidimos ir a explorar un rato. Entramos en la única discoteca del pueblo, que se llamaba El Coco Loco. De la puerta colgaban adornos típicos del Caribe y todo ese rollo. Nos tomamos unas birras, mientras mirábamos a las chicas bailando bajo la bola de espejos. Las luces chillonas hacían que sus cabellos cambiaran de color como dibujos de anime. Desde el sótano un grupo de jóvenes estudiantes se reían como cerdos con exageradas risas y aspavientos de brazos. Inhalaban unos globos amarillos llenos de óxido nitroso. ¿Una nueva droga? ¡Mierda! Aquel gas de la risa los ponía a reír como el Joker y luego los tumbaba. Nos ofrecieron, pero no quisimos. Melquiades prefería otras sustancias.

Caminábamos deprisa por las solitarias callejuelas. Mi amigo iba abrigado con una gabardina negra y llevaba las manos en los bolsillos. De nada servía mi psicología barata sobre ser positivo en tiempos de adversidad. Tampoco mi eterno eslogan de "si estás cansado, descansa, pero no te rindas". Él sabía que en el fondo más aterrador del alma, en la desesperación que provoca el dolor, hay un momento donde te dejas ir.

Cuando el frío se mete en mis huesos, siempre se proyecta aquella imagen de tres hombres rudos frente a la lumbre charlando sobre mi padre, excombatientes debatiendo de lo buen cocinero que era, de las guerras que ganaba gracias a su estrategia; sin embargo, nada sabían de esos años en los que me echó de su casa y en los que nunca más me volvió a llamar. Esto me cabreaba. Seguimos andando hasta una casa de dos pisos. Melquiades golpeó una puerta verde aceituna. Nos abrió una anciana china que estaba ciega y tenía los ojos blancos. Sacó del bolsillo de su bata rosada una bolsita. Allende le pagó y nos fuimos. Me dijo que era para poder dormir. Pasamos por la puerta de atrás a la Casa de Convivencia. Atravesamos un angosto pasillo muy poco iluminado. Vimos pinturas bíblicas despellejadas, vírgenes de escayola mancas, santos de madera podridos por la humedad, pedazos de vidrieras rotas y sombras de ángeles y demonios.

Había enviado mi manuscrito a una pequeña editorial de la capital. Me llamaron un mes después, diciéndome que uno de mis cuentos les encantó. Querían publicarlo en una colección para autores noveles. Aquello me alegró. No es que me entusiasmara con la posibilidad de la fama, pero tenía suerte de conservar el número de teléfono, ya que no poseía residencia fija ni dinero en la cartera. Era la primera vez que me pagaban por uno de mis borradores. Mis palabras fueron rechazadas en varios sitios y censuradas en otros. Menos mal que aún quedaban editoriales valientes, editoriales de subsuelo que no perdían su tiempo publicando las mierdas superficiales que estaban de moda. Estoy constantemente reproduciendo ideas en la gran cloaca del pensamiento. Mi mente es como una mina antipersonal: el que me pisaba se quedaba cojo. A veces, escribía poemas crudos encima de un plato desnudo.

Poesía visceral, cicatrices en el corazón. En realidad, da igual los libros que edites, la gente solo te recordará por aquel libro que les llegó, por un maldito título que les revolvió las tripas y les hizo llorar de emoción incontrolada. Y tal vez sea el libro que menos te guste de toda tu patética vida.

Pepe Bocina nos recibió en la portería y se presentó ante los comensales como nuevo empleado de la casa. Llevaba un aparato dental y unas gafas de montura granate. Era fan de Joaquín Sabina y un maniático del ajedrez. Detrás del mostrador de la tienda de ropa de segunda mano, una pancarta de prohibiciones: prohibido beber alcohol y tomar drogas; robar, pedir limosna y mendigar; agredir e insultar a un compañero; faltar a las misas y a las clases de lengua y matemáticas. Todo esto conlleva la expulsión.

II. LA RESACA DE TODO LO VIVIDO

Hoy es la última luna llena del año. Ya han puesto las luces de Navidad por todo el pueblo. Luces blancas como luciérnagas posadas en los troncos de los árboles, luces azules tendidas de farola a farola, como valiosos zafiros. Luces rojas con letras de "Felicidades" en cada calle, brillantes como rubíes. Vendían castañas en un puesto de la plaza Mayor; se las echaron a María en un cucurucho de papel y así se calentaba las manos. Ella pocas veces sonreía, pero con eso a mí me valía. Sonaban villancicos desde el gran altavoz del campanario. Las parejas se abrazaban frente a los escaparates de los comercios. Todo parecía perfecto, lejos del mundo de internet y sus falsas realidades. Invité a mi amiga Laguna a tomar unos churros con chocolate. Un pequeño local esférico con un enorme cristal donde podías ver a la gente pasar. Me acerqué a ella rodeándola de la cintura y le susurré al oído:

—¿Me dejas contarte la historia de la Niña de los Fósforos?

—Hazlo, por favor.

—Aquella niña bajo un frío invernal iba por la calle vendiendo fósforos, pero nadie le compraba. Estaba helada.

—¿Y qué hizo para calentarse?

—Encendió tres cerillas, como si pidiera tres deseos, y luego gastó todas las cajitas de fósforos que llevaba.

—¿Murió? —María dejó caer una lágrima.

—Sí. La gente se dio cuenta de su egoísmo.

—¡Qué historia más triste!

—Pero se fue al cielo con su abuelita.

—Entiendo… —Ella me cogió la mano y la besó.

Cogimos un carrito del supermercado y María se sentó en él para contemplar las estrellas. Yo la conducía por las calles pensando en mis cosas, como en una especie de paja mental: recuerdos de Batman y *La Flaca,* de Andrés Calamaro, sobresalientes en Historia y suspensos en Matemáticas, goles de Davor Suker con el Real Madrid, cigarrillos Marlboro y besos con lengua a las nenas, libros de Herman Hesse y películas de Woody Allen. Había muchas cosas de las que no estábamos orgullosos. Retales de nuestras vidas brillando como cristales rotos.

El mundo era un sucio mural de caras desconocidas. Aquellas fotografías de mis amantes ateridas al cansancio de mis manos, y el cerebro ardiendo como un vertedero de amor. Cuando conocí a Costel y el caballo mató sus neuronas, fundiendo las bombillas de sus ojos, trabajaba en una ciudad del norte. Tenía un trabajo en una fábrica, donde hacíamos piezas en una cinta transportadora durante diez horas al día. Todas las noches llegaba a casa sin que nadie me esperara. Cenaba arroz blanco con huevos. Veía la televisión y tomaba cerveza hasta quedarme dormido en el sofá. Cada semana el mismo ritual. Hasta que, de repente, me puse a llorar. Comprendí que no quería esa vida. No era feliz. Así que lo dejé y me dediqué a escribir. Cruzamos un barrio obrero y María se puso a silbar:

—¿Sabes una cosa Harry?

—Dime.

—Creo que eres un escritor maldito. Arrastras una terrible condena.

—¿Por qué piensas esas cosas?

—Bueno. Tu poesía es subterránea y tu corazón está lleno de estigmas.

Al llegar al cruce de caminos, María y yo nos metimos en una solitaria cabina de teléfonos que ya no se usaba. Empezamos a follar y los cristales se empañaron. La penetré con ansiedad, porque estaba muy mojada. Le comí la boca con lujuria. Ella me abrazaba fuertemente y levantaba su pierna izquierda. Toda mi vida pasaba por mi cabeza como un carrusel. Mi alma entera se impregnaba con su olor. ¿Me estaba enamorando de su olor? Ahora somos vulgares pecadores copulando en la noche.

Todo el mundo quiere ser Harry Paradise: veo mi nombre en todos los diarios, mi jeta está en todas las carteleras de cine. Pienso en las mejores mentes de mi generación destruidas por la locura; en aquellos pequeños artistas descolgados del puente de la autopista, que fueron carne picada. También en los poetas olvidados fumando marihuana en ropa interior. Imagino a Paul Celan ahogado en el río Sena, a Alejandra Pizarnik metiéndose pastillas y a Dylan Thomas reventado por el alcohol. Entonces, mariposas negras se posan en mis ojos asesinados. La vida era un circo, un circo de payasos políticos y fieras liberadas. Estoy en el alambre y la gente aplaude mi caída sin red.

Miro a María y siento pena por nuestras lejanas infancias, porque nosotros nunca tuvimos árbol de Navidad en casa. No pusimos bolas de cristal ni cintas de colores ni una estrella de plástico. Jamás presumimos de adornos ni de regalos. Solo comíamos pipas en los bancos del paseo. Subíamos en heredadas bicicletas de algún hermano mayor o un primo de Zumosol, robábamos bollos en los recreos, y Paul Auster escribía en la habitación de un hotel de París. ¡Qué ratas más grandes había en París!

12. RUMBO EQUIVOCADO

Cuando vuelves a los cuarteles de invierno y le haces nudos a una cuerda, y buscas una rama alta, resistente, el hielo de la calzada brilla como pequeños diamantes. Vivimos en tiempos equivocados. Tal vez estábamos en el apocalipsis perpetuo y todos éramos cadáveres exquisitos. Miré una a una mis treinta primaveras, como se inspecciona la exacta radiografía de un tumor. Desde este aislamiento voluntario, el día me parecía pura idiotez, y la muerte una broma macabra. Me había exiliado de mi pequeño país, creyendo que la suerte podía cambiar. La suerte otorgaba esa especie de valentía kamikaze que dejaba resaca. Mi madre me decía que tenía un don, pero era mentira. Ese don, en realidad, era un castigo divino, un poder que me dejaba incapacitado para ser feliz, porque siempre fui un niño rodeado de monstruos, porque hablaba con los fantasmas, mientras un hombre blanco susurraba a los caballos.

María Laguna se había ido sin despedirse, sin dejarme ni una nota. Fui corriendo a la estación de autobuses en cuanto me lo dijeron, pero no había nadie. Solo quedaba su perfume. ¿Qué ocurre cuando te falta el amor en tu vida? Algo te va volviendo malo. De pronto, eres osco, desconfiado, amargado. Te conviertes en el asesino que siempre has despreciado, te transformas en una masa de carne superficial, adoptas una capacidad camaleónica y una aptitud parásita. Te sientes vacío y necesitas llenarte. Por supuesto no te importa matar o herir de muerte para saciarte, hasta que le coges asco a tu propia estirpe y vas a cargarte en el mar.

El cura Arturo Rey me invitó a almorzar en la taberna del pueblo. Nos pusieron un par de huevos fritos con un filete de pechuga de pollo y unas patatas. Estaba especialmente amable conmigo. El dueño de la taberna nos miraba con su cara de pez globo. Arturo comenzó a mojar el pan en las yemas de los huevos:

—Harry, ¿tú sabes por qué María ha decidido marcharse?

—Pues no. Ella es así.

—Normalmente, cuando una persona termina su estancia aquí, suele despedirse.

—Sí. En ese sentido es una maleducada.

—Ya sabes que este lugar no es una cárcel. Tratamos de ayudaros. Ojalá pudiera colaborar económicamente con vosotros, pero el dinero que me manda el obispado solo llega para la comida.

—Lo entiendo, jefe. Tenemos que ser más humildes.

—Me preocupas, Harry. Estás muy negado con el tema de creer en Dios. Sé que no es fácil pensar en alguien que no has visto nunca, pero ten fe y él te hablará.

—Puede que tengas razón, jefe. Últimamente he estado muy ciego y sordo y loco.

—Ten cuidado con la locura, querido. Muchos perdieron la cabeza y bajaron a los infiernos. Es, sin duda, la peor amiga que existe.

Arturo acabó de comer y se rascó la barriga como un perro satisfecho. Me sonrió cómplice mientras se metía un palillo en la boca. Yo dejé el plato superlimpio y le agradecí a Dios o a Satanás aquel almuerzo. María debía estar bien lejos de esta farsa, otra vez en libertad.

Teresa no estaba en la cocina. La puerta del baño se hallaba entreabierta. Allí estaba ella, sentada en el borde de la bañera, desnuda. Únicamente una toalla blanca le cubría el vientre. Teresa era una mujer divorciada de unos cuarenta y ocho años con un hijo. Se percató de que la estaba mirando y me esbozó una media sonrisa. Me acerqué a su cuerpo. Olía muy bien a gel de baño de aloe vera. Su mano izquierda acarició levemente su pecho. El pezón estaba tieso, su areola era grande y oscura. Comenzó a tocarse el coño totalmente depilado. Con suma delicadeza, abrió sus labios mayores para enseñarme su vagina. Por supuesto estaba húmeda. Yo me encontraba muy cachondo y en un acto reflejo la penetré. Ella me cogió el culo con sus manos suaves. Después, antes de llegar al orgasmo, me ofreció un vaso de chupito para que lo llenase. Se bebió mi semen de un trago. Nunca me había pasado una cosa así. Salí subiéndome la bragueta con una sensación agridulce. Me había convertido en un depredador sexual, y me sentía mal. ¿Por qué me sentía tan mal?

El portero me avisó de que tenía visita. Era mi primo Simón Oliva, que venía con una chaqueta de cazador. Nos fundimos en un fuerte abrazo. Parecía haber pasado una eternidad desde la última vez que nos vimos. El tiempo no avanzaba en este retiro espiritual de los cojones. En serio, ya no tenía ganas de suicidarme. Solamente sentía náuseas. Simón me dijo que le había salido trabajo en las montañas para talar árboles con el hacha, y también utilizar la motosierra. Era un curro duro, pero me apetecía intentarlo. Cuando nos íbamos, apareció la policía municipal para llevarse detenido al cura Arturo Rey. Se llevaron su ordenador y cajas repletas de pornografía infantil.

13. ANIQUILACIÓN DE LA CONCIENCIA

Siempre soñaba con las mismas vías de ferrocarril, por donde no pasaba ningún tren, ni esperabas ninguna oportunidad. Estoy buscando una salida, porque si había una salida, por aquí debía de estar. Yo no quería ser un marido ejemplar ni un padre modelo. No quería columpio en el jardín ni cumpleaños feliz. No quería mercado los domingos ni que eligieran mi colonia. Había mujeres fatales entre la multitud que orina. Existían seres vacíos, personas disecadas, pero mis venas regaban los campos y mi boca escupía versos satánicos. Descubrí que el silencio era un cáncer necesario. Y, en ocasiones, veía muertos gateando por el techo de mi habitación, igual que arañas negras, muertos unidos a nuestro mundo por un hilo invisible.

Nadie sabía dónde estaba. Cambiaba constantemente de número de teléfono, tiraba una tarjeta y compraba otra. Una vez, trabajé vendiendo droga para una mafia nigeriana y no deseaba que me localizaran. Melquiades Allende nos llevaba a nuestro nuevo destino. Conducía bien; agarraba el volante con las dos manos y se concentraba en la carretera. Advertí que tenía algunas canas en la barba. Mi primo Simón cogió un mechero con calaveras del Día de los Muertos, encendió un petardo de marihuana y me lo pasó. Luego puso un disco de Pink Floyd y empezó a sonar *Hey you*. Nos dejamos atrapar en la nebulosa, mientras atravesamos el túnel por la montaña del Diablo. Decían que allí se aparecía una niña con camisón todos los domingos a la misma hora. Llegamos a un pequeño pueblo y dormimos en un *camping* dentro de una caravana con generador eléctrico. Cansados.

Escribo para desaparecer, porque así puedo evadirme de este circo del dolor, puedo escapar de esta comedia humana, porque no puedo limitarme a vivir. Mi padre llevaba un sombrero alemán para montar a caballo. Tenía un fantasma ancestral que le acechaba, un espectro al que no tenía valor para enfrentarse; un demonio que se transmitía de padres a hijos —el nuestro se parecía a un predicador—; un ser maligno que impresionaba con letras tatuadas en los nudillos de las manos; un representante de mi mayor miedo: la locura.

Al final, con los años te olvidas de afeitarte, de lavarte los dientes, de quitarte la cera de los oídos, de cortarte los pelos de la nariz y las uñas de los pies. Pasas de ducharte, de quitarte las legañas, de cambiarte de ropa interior. Todo es un desliz con la vida, que te conduce hacia el caos absoluto. Pierdes la educación y no respetas las reglas de la sociedad. Ya no eres un ciudadano más, sino un despojo humano. Frente al espejo, con veinte años, tenía una cara de poeta, de bohemio. Ahora tengo un rostro de borracho, de vagabundo alrededor del mundo. Voy camino a la perdición.

Melquiades se despidió de nosotros para volver a la ciudad. Le escribí un poema matinal y se lo recité:

—Sentado en su regalo cerrado de ternura, os envolvió a todos con su desprecio azul. Pisó las mismas calles de hielo y de tinieblas, buscando un bar en un malva París encuadernado. Se sacude el polvo de las manos con las que tocó, ignorante, espectros demolidos. No provoquéis su lengua, que es la raíz madura de cien hembras pariendo hijos de rebeldía.

Mi amigo me miró impresionado, y me dijo:

—Tu poesía es pura e hiriente, dulce y venenosa, balsámica y triste. Es capaz de nombrar la sencilla presencia de las cosas, y cuya consecución exige espera y escucha, precisión y entrega.

El primer día de trabajo fue muy estresante. A mi primo lo mandaron con la motosierra hacia los árboles más grandes. Yo fui con un grupo de búlgaros a quitar maleza. Despejamos todo con la desbrozadora. Limpiamos la zona de sol a sol y me salieron agujetas en los músculos. La sombra del hacha talaba el árbol de las almas. Al acostarme en mi colchón, pensaba en mi hermano, en los ojos de mi hermano, en los que cabía una infinita tristeza. Pienso en su gorra de los Yankees de New York, en su cerveza Coronita, en su estribillo de rap. Sé que es el único que vendrá a mi entierro, aunque sea por los viejos tiempos.

Es 31 de diciembre fuimos a celebrarlo a la cantina del pueblo. Cenamos pollo asado y tomamos cerveza americana. Las chicas estaban contentas. Se rozaban con nosotros en una pequeña pista de baile. Sus vestidos de fiesta eran suaves y sus cabellos olían a perfume del caro. Había hombres robustos y barbudos que nos miraban desde la barra. Llevaban llamativas camisas a cuadros y pantalones vaqueros. Cuando dieron las campanadas por la televisión, nos comimos las uvas. Cantamos y brindamos con champán por la entrada de un nuevo año cargado de ilusiones. Simón estaba saltando por las mesas como un mono. Yo echaba de menos a María, el sabor de su cuerpo hebreo. Somos corazones que tiritan en la oscuridad.

14. A LA INTEMPERIE

No eran verdad muchas cosas que nos dijimos. El cuerpo es el refugio y la cárcel. La ley de la calle te va golpeando con sus aristas hasta hacerte sangrar. Cuando arde el asfalto y no tienes a donde ir, haces autostop. Un desconocido te lleva hasta la ciudad de Cristal. Allí hacemos colas en la puerta trasera del supermercado. Allí improvisamos una cama con cartones y rellenamos las zapatillas con papel de periódico. Entonces, la limosna es un fulgor que termina en un vaso del McDonald's. Tenemos suerte de no molestar a nadie, porque no dormimos dentro de un contenedor de basura, porque no nos queman vivos en el cajero del banco. Somos afortunados de que ningún perro nos muerda en el parque, ni de que ningún hijo de puta bromista nos robe la cartera cuando dormimos al raso. Ya no recogemos objetos rotos en un carrito. Ahora no nos mojamos los pies en los charcos, ni escurrimos el agua de los calcetines sucios. Todo es felicidad sin la paliza de los "cabezas rapadas". Todo es dulcísima supervivencia, mientras que la enfermedad no se manifieste, y nos apague los ojos de un zarpazo.

En la montaña, la mayor amenaza para los trabajadores era el oso pardo. Los hombres temían sus afiladas garras y poderosas mandíbulas. Dicen los jornaleros que hace mucho tiempo existía un brujo que podía convertirse en oso durante la luna llena, una bestia de 500 kg que medía 1,30 cm. Lo llamaban Ucumar. Me imagino al rey del bosque mirándome con sus furiosos ojos. No puedo correr. Si trato de escapar, me destripará. Sentiré mi carne desgarrada en el aire helado. El dolor más inmenso de este mundo me liberará. Me hará libre de mis gilipolleces.

La convivencia con mi primo Simón se volvió tóxica. Se había echado una novia ninfómana del pueblo. Venía a verlo todas las noches. La chica tenía veinte años y era madre soltera. Su pelo pelirrojo y las pecas de la cara le daban aspecto de niña. Ella gritaba siempre que hacían el amor, y no me dejaban dormir. Además, siempre me tocaba fregar los platos de la cena. Encontraba botellas de licor vacías rodando por el suelo: licor de fresa, licor de avellanas, crema de orujo, ron con miel, etc. Una madrugada me levanté a mear y vi un condón flotando en el fondo del retrete. ¡Qué asco! Estaba harto de aquella situación. Para no enfadarme, iba al río que fluía cerca del *camping*. Me calmaba escuchando sus aguas murmuradoras. Me acordé de que mi padre nunca me quiso enseñar a pescar. Todo era más fácil aislado del mundo moderno y de sus cables conectados a Matrix. El trabajo era cada día la misma rutina. En los almuerzos debatíamos sobre política y fútbol. Algunas veces, en el interior del bosque, decían «árbol va», y se oía un gran estruendo al caer contra el suelo. Después cortaban los troncos y los cargaban con una máquina en el camión.

Para exorcizarme de los demonios de la realidad y poder conciliar el sueño, escuchaba con los casos *Smells like teen spirit*, de Nirvana; *Supersonic*, de Oasis; *Karma police*, de Radiohead o *November rain*, de Guns N' Roses. En mis ensoñaciones iba vestido con una chaqueta de chándal con capucha, al estilo de Eminem; bebía *whisky* con Henry Chinaski en la barra de un burdel de Los Ángeles; compraba libros de Juan Rulfo, Julio

Cortázar y Roberto Bolaño, y alguien cantaba «no hay nostalgia peor que añorar lo que nunca jamás sucedió».

Mi vida vacía estaba expuesta a una intemperie infinita. Era vulnerable ante una sociedad violenta. Sin futuro en mi propio país, arrasado por un pasado traumático, con una juventud oscura que configurar. Lo que desconocía mi primo Simón es que su chica era demasiado amable conmigo, que me daba masajes en la espalda, que me rascaba el pelo, que un día se metió desnuda en mi cama, así que discutí con él:

—Eres un cerdo y lo tienes todo como una pocilga —le reproché.

—Y tú eres un perro y no tienes cojones de escribir una novela seria —me contestó.

—Soy un hombre débil y enfermo por sus obsesiones. ¿Qué esperas de mí?

—No tienes ninguna disciplina. El talento sin trabajo no vale para nada. Desperdicias tu vida compadeciéndote.

—¿Y qué hay de tus putas adicciones? A mí tampoco me importa tu vida —le grité.

Entonces, Simón se dirigió hacia mí con cólera. Me cogió del cuello de la camisa y me levantó un palmo del suelo. Creí que me iba a pegar. En el fondo deseaba que me partiera la jeta, que me pateara las tripas con sus botas de punta de hierro. Sí, me lo merecía y quería desaparecer. Quería que me hundiese en el fango, pero no lo hizo. Me bajó, me puso bien la ropa y me miró con lástima. Odiaba que me miraran con misericordia. De repente, en su móvil comenzó a sonar la melodía de *Maldito duende*. Llamaba mi hermano. Me lo acerqué a la oreja. Se oía lejano.

—Mamá ha muerto.

15. VÍA MUERTA

¿Cuándo terminaría esta huida? La única verdad era que mi madre había muerto. No sé si quedaba algo de amor hacia ella. Hubo maltrato por su parte y heridas sin cerrar, pero no soy un hombre rencoroso ni vengativo. Creo que el destino coloca a cada uno en su lugar.

Iba subido a un viejo tren viendo los paisajes desparecer por la ventanilla. No tenía ni idea de quién me había llevado a la estación. Solo reconocía mi macuto de color verde camuflaje en el asiento. Era como si alguien me hubiera inoculado un terrible veneno. Aún continuaba en estado de *shock*. De aquel maldito pueblo, donde nació mi madre, solo añoraba el mar. Llevaba dos años sin pisar por allí. Cerca de las lonjas olía a pescado y las gaviotas sobrevolaban nuestras cabezas como princesas de las nubes. Los lugareños se amparaban en los bares durante los días de viento y marejada. Todavía podía apreciarse bajo sus aguas azuladas la ira del Leviatán.

Allí me esperaba mi hermano con camisa negra. Permanecía inmóvil bajo el paraguas violeta. Se había dejado perilla. Es pintor. Pintaba unos paisajes sublimes con acuarela. Era capaz de plasmar la atmósfera de los sueños. Me sonrió sin esfuerzo. Afortunadamente, él ya se había ocupado de los trámites previos al entierro. No vendría mucha gente. Mi madre era una persona reservada, bastante selectiva con sus amigas y enemiga de las redes sociales. Decía que le quitaban tiempo para el trabajo. Todo lo que no tuviera relación con su trabajo le parecía vulgar.

Era una persona estricta, pero amante de la música negra, sin apenas accesos a sus sentimientos.

Fuimos a casa de nuestra madre situada en la parte antigua del pueblo. Misteriosas plantas crecían silenciosamente aferradas a los barrotes de las ventanas. Numerosas macetas gobernaban el hogar. Había una persona contratada explícitamente para regarlas a diario. Imaginaba yo un jardín carnívoro en el interior, esperando pacientemente la primavera, para cazar moscas y mosquitos. Nuestras habitaciones estaban intactas. Las mismas camas y edredones, como si se hubiera parado el reloj en la infancia. Las paredes seguían pintadas de color crema. En las estanterías se conservaban nuestros libros y juguetes más amados: un peluche tuerto o un Playmobil manco. Mi hermano calentó café y charlamos una hora para ponernos al día. Habitamos nuestros recuerdos buscando tiempos mejores, pero esos momentos ya no existen. Se han teñido de otros sonidos y de otros colores, y han cambiado.

No quise ver el cadáver de mi madre. El ataúd permanecía cerrado en el tanatorio. Seguramente iría bien peinada y maquillada. Eso le gustaba a ella. Le gustaba ir arreglada cara al público. Quizá llevara puesta su alianza y algún collar de oro con un detalle cristiano. Había muerto de cáncer. Un tumor inoperable alojado en su cabeza se la llevó en solo dos meses. No estaba triste ni contento. Una a una fueron dándonos el pésame en la iglesia una fila de sombras desconocidas con caras acartonadas. Bajamos a paso lento por la calle Federico García Lorca, detrás del coche fúnebre hasta el cementerio. Agradecí que una bella muchacha fuera delante de mí, con sus medias negras y sus hermosas caderas. La tumba de mi padre llevaba siete años cerrada y olía a moho. El entierro fue aburrido.

Entonces sucedió algo maravilloso. Al día siguiente, el notario nos llamó para firmar los papeles de la herencia. ¡Había algo para mí! Una generosa cantidad de dinero que iba a quitarme las preocupaciones. Calculo suficiente como para comer durante tres años. Dedicarme sólo a escribir. Además, mi hermano me prestaría la casa familiar el tiempo que la necesitara. Era algo inesperado, pues mi padre no me dejó ni un duro. Pero mi madre, en el fondo de su corazón, sí tenía fe en mi talento. No me reprochó que no viniera a despedirme de ella. Jamás me dijo que me quería. Ahora eso no importa. También recibí una carta de una reconocida editorial. Una editorial con más de veinte años de experiencia en autores noveles. Deseaban publicar la única novela corta que había logrado terminar, *El Nigromante*. Trata de un policía que se infiltra en las filas de una peligrosa banda terrorista. Iban a imprimir una primera tirada de trescientos ejemplares. Las tapas del libro eran de color calabaza, las letras en negro y pequeñas calaveras formaban el dibujo central. Pegué un salto al techo. Era como subir a la cresta de la ola. Un éxito de mierda en mi carrera de perdedor. Todos estos acontecimientos se agolpaban en mi pecho. Lloré de rabia. Soy un monstruo sin madre y la muerte tiene los ojos azules. Escribía sobre una mesa de roble. Hablaba con personajes ficticios: con Harry Haller, con Gregorio Samsa, con Dorian Gray... Quemé todas las poesías de juventud. Me despedí de mi hermano Demian, mientras su cuerpo oceánico doblaba la esquina del cine Casablanca, su misterioso cuerpo de naufragios y sirenas. Su poderosa mano se fue trazando en el horizonte de mi alma, clavada en el fondo marino como un ancla dorada.

Iba yo a comprar una barra de pan cuando, de repente, me encontré con María Laguna en la fuente de Los Delfines. Los dos nos fundimos en una especie de abrazo cósmico. Temblando entre sus brazos, le besé el cuello:

—Creí que moriría sin ti —le confesé.
—Sabía que me necesitabas.
—De verdad, creí que moriría sin ti.
—No te preocupes por nada. Ahora me llamarás Mary.

Mary se había cortado el pelo. Estaba distinta. Vestía pantalones oscuros y una chaqueta de lana. Llevaba una maleta pequeña de color rojo con lunares negros. Fuimos a probarme ropa. Pagué un traje de color gris perla, que me sentaba como un guante. Le regalé unos zapatos plateados de tacón alto, que la hacían más *sexy*. La editorial me envió mi primer cheque con cuatro ceros. Mary y yo lo celebramos. Me piré a por un Mercedes C220 color metalizado de segunda mano. Robamos una botella de champán Dom Pérignon y nos la bebimos. Ella conducía partiéndose el culo con mis tonterías. Saqué mi cabeza por la ventanilla del coche. Gritaba a pleno pulmón: «¡Soy Harry Paradise! ¡Soy el puto amo! ¡Mirad desgraciados al gran Harry Paradise!» Por supuesto, un policía motorista nos puso una buena multa, pero eso no nos quitó las ganas de hacer el amor en la ducha con música de Barry White.

Podía sentir su pulso acelerado al besar sus muñecas. Nuestras pieles parecían fusionarse en una nueva piel, más suave y fascinante. Creo que sus ojos me devoraban vivo. Cuando sus manos hundieron mi cara entre sus muslos, mi boca sabía a su dulce sexo. Mordía sus pies y se volvía loca. Dejé que su locura me violara en la vasta noche.

Mary se quedó ensimismada en los colores de una oropéndola que había pintado mi hermano. Enamorada de la vida, como si la felicidad fuera un pájaro grande multicolor, fumaba su cigarro tranquila y llevaba puesto mi albornoz. No puedo evitar correrme con el roce de su piel. Me dibujaba en el pecho con un boli Bic la estrella de David. Entonces dormimos abrazados. Soñé con los campos de concentración y su lema en la entrada: "El trabajo libera". Allí estaban las duchas convertidas en cámaras de gas; allí estaban los alambres de espino electrificados (algunos preferían suicidarse, los soldados no les disparaban para que sufrieran); allí los hornos donde quemaban los cuerpos; allí la pared donde los fusilaban, y en una pequeña litera creí ver el maltratado y famélico cuerpo de Mary, enseñándome los números tatuados en su antebrazo, pero no era ella. Ahora despierto. El sol ha incendiado la casa con su luz. Acaricio los senos de Mary, que cuelgan ante mí generosos. La teta derecha la bauticé con el nombre de Tizona, la izquierda se llamaba Colada, las dos espadas del Cid Campeador.

Me siento un triunfador. Voy a alquilar un local precioso con vistas a un parquecillo para niños, un parquecillo muy mono con una fuente de Tritón, chorros de agua salen de su tridente. Abriré una librería, una librería donde vengan poetas locales para dar recitales, y cada viernes vendrá una cuentacuentos. Afuera había ambiente de elecciones. El país elegiría un nuevo presidente, un presidente ladrón y sin escrúpulos. Mary me sonríe.

—¿Te quedarás conmigo nena?
—Sí.

Soy un hombre que eyaculará 7.200 veces a lo largo de su vida; un hombre que gastará 52 litros de esperma; un hombre que expulsa espermatozoides a 45 km por hora; un hombre que se afeita con maquinillas desechables frente al sucio espejo del olvido. No sé cuánto tiempo llevo muerto, girando como los huracanes, pero ahora concedo entrevistas a las radios y las televisiones. Planeo un *tour* por las principales ciudades, para presentar mi extraño libro, un libro de lágrimas y pesadillas. Firmo autógrafos a las estudiantes con carnes perfumadas. Leo el periódico en locales modernos como si fuera alguien importante. Viajo con mi bombín inglés y mi maletín de sueños.

Mary se quedó limpiando la casa de mis padres, barriendo y fregando las habitaciones, quitando el polvo de los muebles y desinfectando la bañera, pensando en un futuro para los dos. Pronto llegará la primavera. Voy andando por el paseo marítimo. Los barcos parecen saludarme en la lejanía como viejos conocidos. Está anocheciendo; de pronto, un tipo sale de la esquina con la calle Antonio Machado. Lleva puesta una camisa clara y un collar de caracolas. Me pregunta si me llamo Harry Paradise. Le contesto afirmativamente. Entonces saca de su cazadora azul una pistola. Me dispara. Siento un impacto de bala en el estómago y caigo al suelo de rodillas. El nigeriano se esfuma. Mis manos presionan la herida y se manchan de sangre. Todos mis recuerdos están en esa sangre. No hay nadie cerca. Mis pies están sobre aquella vía muerta donde no pasa ningún tren. Camino torpemente sobre la vía infinita. Tengo frío. Ya no volveré a escuchar la voz de Aretha Franklin. Ya nunca más sentiré el beso de Mary resucitando mi alegría. Tengo mucho frío.

EPÍLOGO

"Mantén tu sangre caliente y fresca la herida.
Porque mientras brota la sangre hay esperanza.
Cada uno va rodando por su propio camino
y tropezando con las mismas piedras.
Mi corazón impregnado en gasolina
arde dulcemente
en el recuerdo de las crueles ninfas.
Nos hemos marchado sin decir adiós
hacia los subterráneos versos
del hambre y la locura.
Sigue esos hilos que nos atan
al mundo de las coincidencias
y el amor guardará tu alma
cuando la muerte reclame tus ojos."

Índice

Harry Paradise es un escritor solitario, depresivo y pervertido que ha cumplido los treinta años. Sobrevive en el laberinto de los días con una filosofía vagabunda, moviéndose por sórdidos lugares con la única gasolina del amor. Su amigo Melquiades Allende y su primo Simón Oliva lo acompañan en algunos tramos del camino. Cuando conoce a María Laguna, su vida empieza a cambiar con un inesperado giro al infierno personal.

Como escritor, Daniel Ruiz Salamanca (Cuenca, 1983) es un buscador incansable de la identidad y despertador de conciencias, influenciado por el *dirty realism*.

En 2005 publica su primer libro de poemas titulado *Los seres silenciosos*, y colabora en el periódico *Pedroñeras 30 Días*. En 2007 participa en la antología de jóvenes poetas de Castilla La Mancha "Inmaduros 26" y se convierte en miembro del grupo literario "La Palabra". Al poco tiempo, en 2009, se casa con Noelia García.

En 2013 publica *El pez de sombra* y *Los monstruos de los espejos*, y crea la revista literaria *Hij@s de la medianoche*. En 2014 publica *Las malas hierbas* con Edición Personal (Madrid) y en 2015 nace su hijo Pablo. Dos años después sale a la luz *Los demonios de la noche* y comienza a recitar poesías en Locactiva Radio.

AROMAS
DE
NARANJO

Pilar Vega

ExLibric